달과 눈동자

심웅석 시집

글로세움

초판 발행 2019년 11월 29일
지은이 심웅석
펴낸이 안창현 **펴낸곳** 코드미디어
북 디자인 Micky Ahn
교정 교열 오재령
등록 2001년 3월 7일
등록번호 제 25100-2001-5호
주소 서울시 은평구 갈현로 318-1 1층
전화 02-6326-1402 **팩스** 02-388-1302
전자우편 codmedia@codmedia.com

ISBN 979-11-89690-20-5 03810

이 도서의 국립중앙도서관 출판예정도서목록(CIP)은 서지정보유통지원시스템 홈페이지
(http://seoji.nl.go.kr)와 국가자료종합목록 구축시스템(http://kolis-net.nl.go.kr)에서
이용하실 수 있습니다. (CIP제어번호 : CIP2019047026)

정가 10,000원

달과 눈동자 ┃ 심웅석 시집

심웅석

한가하던 일상에서 알게 된 친구 ─'시 쓰기'는 매일 나를 볶는다. 멋진 언어로 예술답게 꾸며달라는 것이다. 수시로 안겨주는 이 숙제를 나는 고분고분 해내지 못한다. 내 시상(詩想)이 따라주지 않는 까닭이다. 그렇다고 이 친구와 결별할 수는 없다. 이미 정이 너무 깊게 들었기 때문이다.

시를 쓰다 보면 인생에 대하여 많이 사색하게 되고 삶에 대하여 깊은 고민을 하게 된다. '나는 누구인가?' 고뇌해 보지만, 아직도 정답을 찾을 수가 없다. 계속 영혼에 물어보면서 시를 쓴다 해도 삶의 정답이 나올 것 같지가 않다.

하지만 내 시가 고독한 이들이나 삶에 지친 이들과 함께 인생을 살아가면서, 때때로 허물없는 말벗이 되어 주었으면 하는 바람이다.

2019년 11월
심 웅 석

contents

시인의 말 · 4
작품 해설 | 지연희 · 115
달빛과 빈집의 이중주

01 ——— 떠나간 여인 ———

첫사랑의 이름으로 _ 14
떠나간 여인 _ 15
달과 눈동자 _ 16
꽃 _ 17
새 소리 _ 18
상처 _ 19
옛날 _ 20
달빛 소리 _ 21
눈이 오는데 _ 22
어디서 다시 만날까 _ 23
까치 소리 _ 24
꽃길을 걸어요 _ 25
가을의 서곡 _ 26
된장찌개 _ 27

어머니의 노래   02

어머니의 노래 _ 30

누나야 _ 31

산청고을 감나무 _ 32

귀거래 _ 33

목련꽃 _ 34

담장 _ 35

보름달 _ 36

고향 _ 37

가을 산 _ 38

사랑하게 하소서 _ 39

빈집 _ 40

별인 것을 _ 41

흩어지는 가족 _ 42

불꽃 하나 _ 43

contents

03 ——————— 발자국 ———

비 오는 날 _ 46

가을이 오면 2 _ 47

자연으로 _ 48

가을비 _ 49

발자국 _ 50

하조대 소나무 2 _ 51

감사합니다 _ 52

가을이 가는 소리 _ 53

신작로 _ 54

슬픈 계절 _ 55

나는 모른다 _ 56

고향의 봄 _ 57

오월에 _ 58

한강의 봄 _ 59

 사진과 함께
감상하는 시

석양 _ 62

분수대 _ 64

고향 _ 66

어머니 마음 _ 68

만추 _ 70

독일 통일 _ 72

빈 의자 _ 74

작은 새 ─────────── 04

어이서처 광진이 _ 78

알 수 없는 길 _ 79

왜 사느냐고 _ 80

바보처럼 살면 _ 81

사랑은 _ 82

온몸으로 대할 때 _ 83

사랑의 거리 _ 84

시집 _ 85

작은 새 _ 86

詩는 어디에서 오는가 _ 87

영정 사진을 _ 88

난해시 1 _ 89

난해시 2 _ 90

장례식장에서 _ 92

contents

05 — 겨울밤 —

이른 봄날에 _ 96

달빛 속에서 _ 97

천당행 열차 _ 98

겨울밤 _ 99

봄이 가는 소리 _ 100

이 환자의 운명 _ 101

장마 _ 102

별을 보기엔 너무 지쳤나 _ 103

바람이 분다 _ 104

오월이 오면 _ 107

바람아 _ 108

빈집을 보며 우는 까닭은 _ 109

나의 기도 _ 110

Rio의 예수상 _ 112

가을비 내리던 날
그녀는 떠났어
조용히 웃음을 보였지만, 나는 알았어
속으로 울고 있다는 것을

1부

떠나간 여인

첫사랑의 이름으로

갈대는 바람을 쓸어안고
바람은 갈대를 감싸 안는다.

강산이 수없이 변하여도
어제의 그림자는
목마르게 바람을 맞는다

첫사랑의 이름으로, 둘이는
물불을 가리지 않고 거기 그대로
바보처럼 타오른다.

먼 훗날, 기억의 숲길에서
그 뜨거운 입맞춤을 꺼내 보면서
길을 묻는 나그네에게 말해 주리라

한 번은 살아볼 만한 세상이라고

떠나간 여인

그녀는 때 묻지 않은 청춘
내 인생, 외로운 가을 나그네

괴테의 사랑을 그려보며
그녀를 사랑했었지

아낌없는 사랑의 공감이었어

가을비 내리던 날
그녀는 떠났어
조용히 웃음을 보였지만, 나는 알았어
속으로 울고 있다는 것을

가슴에 남아있는 그녀의 모습
맑은 사랑이었어

달과 눈동자

창 너머 동그란 달님이 밤새도록 지켜보더니, 아침엔 잿빛 구름이 온통 하늘을 뒤덮었네. 날갯짓을 계속하며 바라보던 천사의 눈동자, 어느 날 눈물 글썽 머금고 하늘로 날아갔지. 한 방울씩 가만히 떨어지는 창밖의 빗방울처럼 소리 없는 눈물이었어

푸른 잎 흔들어 주는 저 바람처럼
그때는 달랠 줄도 모르고
멍하니 먼 산만 바라보았지
이제 그날처럼 흰 눈 쌓인 천지가 되면
詩가 된 그대, 날아간 빈 하늘만
방랑의 침묵 속에서 바라보고 있네

꽃

라일락꽃이 웃고 있네
꽃은
꺾는 것이 아니라
보는 것이었지

어느덧
라일락 첫사랑 지고 있네

꽃은,
고이 보내드리는 것
가슴속에 간직하는 것이었지

새 소리

광교산 둘레길을 걷다가
오월의 숲에서 새 소리를 들었네

가는 길 멈추고 길가에 앉아
산벚나무 푸른 가지 속에서
우는 곤줄박이를 찾았네

지나치면,
외롭게 우는 저 새
다시 못 볼 것 같기에

시간에 쫓기어 멈추지 못하고
욕심에 묻혀서 멀리 보지 못하던
앞만 보고 달리던 젊은 날

들리지 않았던
그대 고운 목소리 같기에
커다란 눈에 고였던 눈물 소리 같기에

상처

한 번만 더 안아 달라고
그렇게 애원하건만

바람은
웃음을 그쳤다

웃으면
상처가 더 깊어질까 봐.

그치면 잘 아물는지
알지도 못하면서

다만
세월이 지나고 바람도 가버린 날에
배시시 별을 보는 추억으로 남기를

옛날

오늘도
파-란 하늘에 흰 구름이
그쪽 하늘로 흘러갑니다

Yesterday(Beatles)를 좋아한다 했지요
'Only yesterday'를 들으니 옛날이 옵니다.

사랑은 아주 쉬운 것이었지요
말을 잘못한 것은 없어요.

머릿결은 어느새 은빛이 돼 버렸고
모든 게 사랑으로 변할 만한 세월이네요

사랑의 追憶으로 담으렵니다

맑은 하늘 아래

달빛 소리

귀갓길
하 심심하여
달빛을 한 짐 지고
돌아왔다

지고 온 달빛
풀어 놓으니
대청마루가 온통
휘영청

귀뚜라미 소리
낙엽 타고 흐르니
이 가을도
저무나 보다

휘영청 한 줌
귀뚜라미 울음소리에 실어
고운 그대 창가에
전해 주고 싶어라

눈이 오는데

지금은 가버린 그대의 슬픔인가
못 다 펼치고 간 그대의 사랑인가

하얀 눈으로 천지가 뒤덮이고
아무것도 보이지 않는 세상에서

이제는 닿을 수 없는 그대의 몸짓
멀리 눈 속에서 다가오는데

나도 걸어 들어가 눈이 되고
그대가 되는데

사랑과 영혼이라고
바람의 속삭임 들려 오는데

어디서 다시 만날까

석양(夕陽)이 지고
어둠이 내려앉으면
이별이 기다리겠지요
그리고
다시 만날까요

어디라 말하지 않아도 압니다
그대가 찾아오는 길

오솔길 따라
코스모스 곱게 피어있는
그곳으로 오리라는 것을

까치 소리

창문 열어 맑은 바람 맞아들이니
소나무 숲 까치 소리 함께 들어와
반가운 이 오신다고 요란을 떠네

달빛에 눈물 젖어 떠나신 그대인가
미워하진 않겠노라, 돌아선 여인인가
속으로 애태우다 별에 가신 천사인가

새벽부터 까치 소리는
늙은이 빈 가슴을 옛날로 채우는데
바람은 써늘하게 불어와
        정신 좀 차리라 하네

꽃길을 걸어요

걸어온 길,
욕심 미움 질투가 깔린 가시밭길

남은 길은
감사 배려 사랑이 있는 꽃길

저녁 종소리 은은한
한적한 꽃길이라네

이 길 함께 걷고 나면,
텅 빈 집에는 달빛 그늘만 고요하고
서로 영혼으로 바라볼 수밖에 없겠지요

서두를 필요 없어요

가을의 서곡

누가 오는데 이처럼 요란한가요.
나무들 모두 푸른 옷으로 성장하고
시냇물은 요란하게 노래하는데
억세게 퍼붓던 소낙비 그치더니
맑은 하늘이 높이 올라가 파랗게 웃고 있네요

  매미는 기를 쓰고 울어대는데 바람이 살랑 속삭입니다
낙엽처럼 가버리는 청춘의 기로에서 눈에 드는 상대를 만
나거든 주저 말고 영혼을 풀어주라고 '죽어도 좋은 날'은
다시 오지 않는다고

된장찌개

속마음 줄 수 있는 오랜 친구

입맛이 다 떠날 때 옆을 지켜주는

상 가운데 앉아서도 잘난 체하지 않는

쏟아지는 찬사마저 보리밥에 넘겨주는

독 안에서 조용히 면벽참선하던

눈 감으면 보이는 한 사람,
때 묻지 않은 영혼이 저기 하늘로 간다

이제는
그 앞에 앉으면 많이 아프다
이럴 때면 나는 빈 가슴에 시를 쓴다

사노라면,
별이 빛날 때도
구름 속에 숨을 때도 있을 테지

하지만, 언제나 그 자리에서
꿈을 주는 별
끌어 주는 별

2부

어머니의 노래

어머니의 노래

어머니가
구성지게 이어 부르시던 소리를 듣고
그냥 꾸며서 부르는 가락인 줄 알고
나는 웃었다

그 구슬픈 소리들이
고단한 삶의 한(恨)을 풀어내는
서정시 인줄을,
다 지나고 나서 알았다

웃으며 부르시던 어머니의 노래가
지금은 눈물 젖은 가락으로 남아
내 가슴을 적신다

누나야

우리 이제 그만 가자

봄이면 살구꽃 앵두꽃 곱게 피고
아지랑이 조용히 피어오르는,
버드나무 실가지로 피리 불고
아랫집 순이와 나물 캐던

여름에는 마당에 모닥불 피워놓고
총총한 별들과 속삭이던

고향 집으로 돌아가자

천둥 치던 6월에 외기러기 되어
멀리도 날아왔고
할퀴고 지나는 바람 소리에
지칠 만큼 시달렸다

먼지 툭 툭 털어버리고
누나야, 이제 그만 돌아가자

산청고을 감나무

텅 빈 몸통으로 어찌 키웠나
탐스런 빨간 감들
가지가 찢어지네

늙은 감나무, 어머니 생각
자식들 기르느라 속이 텅 비었지

굽은 허리 텅 빈 속에는
사랑이 가득,
눈물이 가득했었지

귀거래 歸去來

잘 싸우고 돌아왔다
환영하는 바람 소리

옛집 산기슭에
항아리 하나 묻히면,

새벽에 날 밝았다 수탉 우는 소리

보리밭에 가물가물 아지랑이 소리

뒷산에서 들려오는 뻐꾸기 소리

음매애 어미 찾는 송아지 소리

나뭇잎 떨어져 쌓이는 소리

여기가 바로
고향 땅인걸

목련꽃

길 위에 떨어진 꽃잎을 본다
멍들고 우그러든 몰골

천사의 날개옷처럼, 하얀 꽃잎
얼마나 아름다웠던가

그 예쁜 모습 모두 모아서
열매를 품으려고 온 힘 다 쏟고

이제는
할 일 다 한 어머니 되어
가슴은 멍이 들고 모습은 우그러졌네

열매,
단단한 씨앗으로 여물어
어머니,
　　불러도 대답이 없네

답장

'바람 세차게 불어오기에
가을바람인가 하였더니
오랫동안 그리던 친구였네'

'반백 년 그리던 애틋한 소식
차곡차곡 쌓아 놓은 세월을 안고
옛길 찾아 물어물어 찾아온
끈끈한 우정'

잘난 이들 모두 떠나고
욕심 없는 아재들만 남아
모여 사는 고향 땅에
날아간
예쁜 시집 한 권

보름달

앙상한 나뭇가지 사이로
초저녁 보름달이 웃고 있다

따스한 웃음을 지으며
조용히
내 마음 헐벗은 사연 들어준다

어머니 웃는 얼굴,
앙상한 걱정 어루만져
풀밭에서 뛰놀게 해주셨다

사랑의 웃음 잃지 않고
우리들 아픈 이야기 다독이면서

보름달처럼
맑게 살다 가시었다

고향

통화가 열리자
그녀는 울음을 터뜨렸다.

가고 싶어요, 한국으로
모든 것을 정리하고 고향으로 갈 거예요

여기 와서 이십 년간 갖은 고생 다 했어요
지금은 대궐 같은 집에
부러울 것 없이 살 수 있지만
이런 것이 무슨 소용인가요.

음악 속에 술 마시던 카페 시절이
사랑이 넘치던 젊은 시절이
마음속에 도진겨

그녀에게 차분히 말했다
길을 잃고 헤매는 길이라고,
고향은 전설 속으로 사라졌다고

가을 산

다람쥐, 반가워 앞발 비비며 인사하고
부끄러운 듯 나뭇가지 위로 얼른 숨는다
'투둑' 알밤들 떨어져 땅에 뒹굴면
삶의 번뇌, 슬그머니 허공으로 날아간다

굴참나무 단풍나무들 녹색 잔치에
구월의 맑은 햇살이 내려앉는다
'찍 찍 찌르륵' 산새들 노래하고
'꿩꿩' 장끼도 질세라 장단을 맞춘다

천년 약수 맑게 흐르고
가벼운 차림 등산객들 조용히 몸을 푼다
파란 하늘에 눈을 씻고,
두 팔 벌려 싱그러운 가을을 마신다

 가을 산,
       어머니 품 속

사랑하게 하소서

뇌성마비 일그러진 얼굴을
소아마비에 절룩거리는 장애를
사랑하게 하소서

미인 훈남을 사랑하기 전에
곱게 핀 장미를 사랑하기 전에

고통받는 모든 인간을
진정으로 사랑하게 하소서

벽에 똥칠하는 치매 할미도
냄새 진동하는 노숙자도
가슴으로 품을 수 있는 사랑을 주소서

있는 그대로를 사랑하게 하시고
테두리의 집착에서 해방되도록
마음 밭에 평화의 씨앗을 뿌려주소서

그들이 사랑을 안고
별을 보게 하소서

빈집

벽에 걸린 옛날 추상화
아버지와 소 그리고 아들
아무리 보아도
허전한 느낌이다

자세히 오래 보고 있으니
아들 뒤에 조그맣게
어머니가 보인다
빠져 있었던 것이다

곁에 계셔도
어머니는 늘 없는 존재였다
공기(空氣)처럼

별인 것을

별이 빛난다고,
검푸른 밤하늘 배경으로
빛나는 별이 보인다고

별이 빛이 없다고
먹구름이 가리어
사방이 어둡다고

사노라면,
별이 빛날 때도
구름 속에 숨을 때도 있을 테지

하지만, 언제나 그 자리에서
꿈을 주는 별
끌어 주는 별

흩어지는 가족

'남남처럼 되어 가는 가족에게는
원앙새의 깃털을 내려 주소서'
이어령 선생님은 절규하였다

피가 섞였다 한다.
사랑이 통하는 피인가
꿈을 함께하는 피인가
줄 수 있는 피인가

피를 앞세우기보다는, 차라리
열린 귀가
웃는 얼굴이
다정한 배려가
더 진정이 아닐까

네가 웃지 않는다면
나도 울지 않으리라

불꽃 하나
 – 입대하는 외손자를 격려하며

가슴에
불꽃 하나 간직하고 떠나자
엄동설한에도 춥지 않을 것이며
염천 혹서에도 견딜 만하리라
이 불꽃은
내 조국을 위한 뜨거운 가슴이며
젊은 양심의 발로이다
임란 때 의병들은
나라를 구하였고
3·1 운동 때 국민은
독립의 밑거름이 되었다

조국의 영원한 앞날을 위하여
가슴에 불꽃 하나 품고 가자

나는 한 그루 청단풍이 된다
가지 속 모든 음지(陰地) 사라지고
연초록 잎새들 웃으며 춤을 춘다

3부

발자국

비 오는 날
— 산사에서

저 나뭇잎에 맺힌 물은
산(山)을 살리고

내 눈가에 맺힌 물은
영혼을 깨우는데

山과 영혼이 만나면
산새 소리 풍경 소리

안개비 이불 덮고
고요히 山이 숨 쉬는 소리

산은 내가 되고,
        나는 산이 되고

가을이 오면 2

번거로운 일상을 떠나
파란 가을 하늘 아래 서렵니다.
물들어 가는 숲이 있어 더 좋겠지요
산길 걸으며 그리운 인연들 그려 보렵니다

저 하늘처럼 맑은 친구들에게 가렵니다
지나온 이야기들이 있어 더 좋겠지요
거기서 진솔한 우정을 맘껏 마시겠습니다

한적한 산사(山寺)를 찾겠습니다
가끔 낙엽 쓰는 바람이 불면 더 좋겠지요
숨죽여 마음 비우기에 힘쓰렵니다

가을이 오면,
고요한 호숫가에 앉으렵니다
계절을 비우는 실비가 내리면 더 좋겠지요
여기서, 거의 다 살고 난 계산서에
       '인생'을 적어 넣으렵니다

자연으로

숲속을 지나 샘터로 가면 산새들이 노래 부르네
삶의 속도 늦춰 보아도 아쉬울 것 하나도 없네

물 마시고 몸을 풀은 후 벤치에 누워 하늘을 본다
숲 사이로 파란 하늘, 잎새 위에서 춤추는 햇살

맑은 공기 가슴에 안고 가을 나그네 내려오는 길
"할배 왔능교?" 이름 모를 들꽃들 인사를 하네

도시의 소음 넘치는 사람, 속도에 묻힌 매연의 거리
미련 없이 떠나 보세요

여유와 낭만, 자연 속으로
여기로 오면 내가 보이죠

가을비

창 너머 공원에는
오늘도 가을비 내리고

붉게 타오르던 잎새들
낙엽으로 뒹구네

잎 떨군 나목(裸木)들
외로이 마음 비우고
동안거(冬安居)에 들려 하네

가을이 비를 맞으며
창가로 다가와 이별을 청하니

내 가슴에도
그리움 같은 안개비 내리네

발자국

젖은 등산화 한 켤레 현관에 누워있고
한 장 남은 달력은 벽에서 울고 있네

밖은 온통 새하얀 세상인데
소파에 기대어 선잠에 든 나그네

무성했던 초록 잎새 지고 난 자리에
흰옷 입은 어머니 눈 속에 오시네

산이 부르는 소리 창문에 부딪는데

쌓인 눈 위에 찍힌 발자국
한 생애 이어온 길

헤매던 삶의 아린 흔적들

하조대 소나무 2

바닷가 바위산에 뿌리를 내린
마냥 낮은 키로 꾸밈이 없고
타오르는 햇볕에 타들어 가도
땀방울의 무게가 세상을 넓힌다

다독이는 달빛에 맺히는 눈물
침묵으로 견디는 힘을 주었고
비바람은 강할수록 교훈이었다

등도 허리도 모두 굽은 너
그러나 굳건한 작은 거인
그대에게 박수를 보낸다

감사합니다

노년에 암이란 병을 내려주신 후
항상 '죽음'을 곁에 두고 살게 하심으로
노인의 아집과 인간의 욕심을 버리게 하시고
세상을 아름답게 보는 눈을 주시어, 감사합니다

냇가에 곱게 핀 들꽃들의 미소
졸졸 흐르는 시냇물 소리
숲속에 지저귀는 산새 소리
나뭇잎에 쏟아지는 눈 부신 햇살
공원에 내려앉은 가을 냄새
창밖에서 웃고 있는 둥근 달님

모두가 사랑입니다

가을이 가는 소리

낙엽 뒹굴고 시냇물 흐른다
'가을 데리고 간다'고 소리치며 흐른다
길가 밭에 배추포기 소리 없이 사라지고
텅 빈 저녁이 울고 있다

앞서가는 영감 따라잡다가
문득 세월을 잡는다

단풍이 그려낸 풍경화가 없었다면
가을 가는 소리가 이렇게 크지는 않을 것을
젊은 시절의 열정이 없었다면
세월 가는 소리가 이렇게 서럽지는 않을 것을

낙엽 지고 꿈도 잠들었으니
삶의 굴레 조용히 벗어놓으면
가는 길,
그다지 슬프지는 않을 것을

신작로

자동차 지날 때면 휘발유 냄새 맡던
바닥 뚫린 운동화에 모래알 넣어주던
공공근로에 나가 자갈 모래 깔던
누님 시집갈 때 눈물 뿌리던
아버지 고등어자반 사 들고 오시던
어머니 서울 아들 배웅하시던,
신작로에

인적은 간데없고
말쑥하게 차려입은 신사처럼
아스팔트 검게 깔린 보도에는
무심한 자동차들만 흘러가고

어른들의 무너진 고향 마을엔
슬픈 노을만 지고 있네

슬픈 계절

가을이 잠을 깨운다.
이별의 시간은 다가오는데
그만 자고 일어나
인사하자고

창문 너머 공원에선
곱게 단장한 가을이
호위하는 소나무들 틈에서
이별가를 부른다

시월의 티 없는 하늘 아래
새들은 거침없이 비행하고,
까치 짖고 박새 우는 자연의 소리가
열린 창으로 넘어와 내 심장을 두드린다

낙엽이 지면
은행나무 노란 잎과 주황색 벚잎과
빨간 단풍잎을 몇 개 주워 책갈피에 끼우고
이 슬픈 가을을 눈물 없이 보내 줄 것이다

나는 모른다

흰 눈 내린 언덕에
내가 왜 겨울나무로 서 있는지

폭풍우 몰려와 비바람 칠 때
푸른 가지 잎새들 얼마나 멍들었는지
술비 퍼부어 물에 잠길 때
홍수 내리는 천사가 어찌 왔는지

이제 푸른 잎새 모두 떠나고
쓸쓸한 겨울나무 혼불 끄려는데
언제쯤 가지에 싹이 돋을지
나는 모른다

북풍이 불어오면 부나 보다 할 뿐
한설이 내려도 그저 바라볼 뿐
겨울나무, 이 추운 계절에
텅 빈 가슴으로 석양 앞에 서 있다

고향의 봄

새끼 품은 꿩들 꿩꿩 소리에
앞산에 진달래는 만발하고

빨래하는 아낙네들 서로 정다워
흐르는 시냇물도 노래를 하네

들판에 아지랑이 점차 걷히면
밭둑에 풀 뜯는 송아지 음매-애

파란 하늘에 뭉게구름
그 속으로 내가 안긴다

오, 생명이여 꽃이여
　　　고향의 봄이여

오월에

오월의 상큼한 바람이 스치고 지나면서
나뭇잎들 모두 연두색으로 물들었다

활짝 열린 창문으로 불어온 바람이
고무나무 잎을 흔들어 놓고
아침 체조 하는 내 몸을 휘감는다

나는 한 그루 청단풍이 된다
가지 속 모든 음지(陰地) 사라지고
연초록 잎새들 웃으며 춤을 춘다

저 멀리 티 없는 오월의 하늘에는
종다리 한 마리 거침없이 꽂힌다
내 생(生)에 보내는 축하 비행이다

계절을 살던 내가,
오월 속에선 순간(瞬間)을 산다

한강의 봄

넓은 창 너머로 3월의 한강을 바라본다
맑게 쏟아지는 아침 햇살과 어울려
강물은 수만의 조개 비늘로 반짝이고

물 위에 떠 있는 새까만 점들은
때때로 무리 지어, 파아란 하늘에
곡선을 그리는 이름 모를 철새 떼

강변으로 뻗어있는 자전거, 보행 길엔
겨울잠에서 깨어난 군상(群像)들
희망을 밟고 길을 달린다

길게 뻗은 한강대교는 노들섬이 받쳐주고
저 멀리 파란 하늘은 관악산이 이고 있다

3 테너가 부르는 'O Sole Mio' 들으며
나폴리를 넘어서는 한강의 봄날에
게으른 겨울 나그네 가슴을 연다

디카시란 스마트 폰(디지털 카메라)을 이용해 자연이나 사물에서 시적 감흥을
순간 포착하여, 그 영상과 함께 짧은 시적 문장으로 표현하는 문학 작품입니다.

– 『디카시 창작 입문』(이상옥 저)에서

사 진 과   함 께   감 상 하 는   시

디카詩

● 디카시

석양

세월
너무 빠르네
친구
건강하시게

분수대

왜 그리
　욕심을 부렸던가
넘치면
　흐르는 것을

고향

발갛게 감 익는 마을

깨 터는 어머니 모습

깊어가는 가을, 귀뚜리 울음소리

어릴 적 고향 생각

그 속에 살고 싶어라

어머니 마음

푸르던 잎새 모두 떨궈 주고
남은 것마저 다 주려는,
고향집 마당 가에서
자식들 기다리는 빨간 가슴

만추

잎새 다 떨어진 단풍나무
비에 젖어 떨고 있네
가까이 다가가 손을 내미니
이제 가야 할 때라고
울고 있는 가을

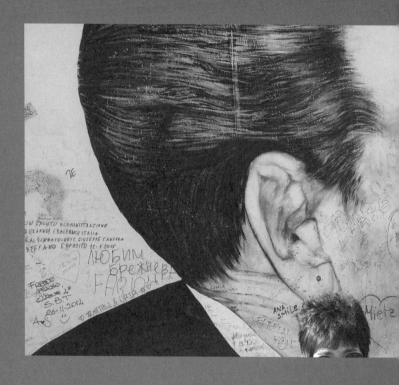

독일 통일

자유 통일 이룩한 그대,
날개를 달았구려
우리는 그런 날이 언제 오려는지
오기는 할 것인지

빈 의자

모두 떠나고
바람도 떠난 빈자리
텅 빈 눈으로 바라본다.
희미한 청춘,
이 쓸쓸한 고요

기다려 주는 거리
눈으로 말할 수 있는,
하나뿐인 내 편이 되어주는 거리

4부

작은 새

어이서처 광진이 *

맨날 웃고 다니는 '어이서처 광진이'는
동네 아이들 놀림감이었다

비 오는 날, 입에 거품을 물고
기와집 마당에 쓰러져 버르적거릴 때
나는 무서웠다

웃는 것은 허망(虛妄)함이요
버르적거리는 것은 몸부림이다
바보 광진이는 그렇게 살았다

지나고 보면,
산다는 게
허망한 몸부림이 아니런가

삶의 기준(基準)이 있는가
바보들의 행진은 아니런가

---

* 어렸을 때 바보어른, 광진을 '어이서처 광진이'라 부르며 놀렸다.
'어이서처' : 남을 놀리던 말. 알나리깔나리,의 방언쯤

알 수 없는 길

산에 올라 내려다보니
걸어온 길 아득한데
거미줄 같은 이 길들이
인생의 명운(命運) 길이었네

가장 멋있는 길은 어디인가
아무도 모른다네

골목마다 맺힌 사연
기억도 희미한데
다시 한번 걸으라 하면
웃으며 사양할 거야

알 수 없는 길
또다시 헤매고 싶지 않기에
그만 가벼워지고 싶기에

왜 사느냐고

물으신다면

죽지 못해 산다고,
'인생의 고통이란 살아 있는 그 자체'라고
반 고흐가 남긴 말에 동의한다고

그럼에도 불구하고

장마 끝에는 찬란한 태양이
다시 떠오르고
눈을 감고 고요히 나를 바라볼 때면
달이 뜨고 바람도 불어와
이 세상이 고해(苦海)만은 아니라고

이 소소한 재미에
한 번뿐인 인생
그냥 살아 보려 한다고
살다 보면 언젠가는 깨닫지 않겠냐고,
삶이 단순한 생존 이상이라는 것을

바보처럼 살면

만나는 사람마다
맨 가슴으로 다가와
텅 빈 내 영혼의 공간을 채워 주지

빈틈이 많아서
남의 말이 그대로 들어오고
정(情)도 술술 들어와

남을 비판할 줄 모르고
시비(是非)도 가릴 줄 모르니
옳고 그름을 시간에 맡겨두지

바보처럼
보이는 대로 보고 살면,
가슴에서 늘 맑은 종소리가 들리지

사랑은

첫눈에 착각으로 온다.

무의식중에 닮은꼴 찾기로

타는 육체에서 영혼으로

가슴속에서 그리움으로

목소리에서 정(情)으로

연민에서 자기희생으로

외로움에서 눈물로

머언 이별 앞에서
하늘로 가는 동행 티켓으로 온다

온몸으로 대할 때

사막과 고래 같은 상황에서
예쁜 꽃 보듯 한다는 것은
그날이 가까웠기 때문에
가능한 일이 아닌가

내 생각에 온통 사로잡혀
남의 말을 들을 줄 모르는 세상에서,
죽음은 새로운 일이 아님을 깨닫는 순간
고래는 바닷속에 온몸을 내맡기게 된다

귀뿐 아니라
온몸으로 대할 때
고래는 바다 위로 높이
날아오를 것이다

사랑의 거리

사랑은 소유가 아니다.

별을 보고 영원을 말했다 해도
꼭 붙은 사랑은
가을 단풍 같은 것

기다려 주는 거리
눈으로 말할 수 있는,
하나뿐인 내 편이 되어주는 거리

'그대로'를 존중해 주는,
울 적엔 포근히 감싸 안고
왜냐고 묻지 않는 거리

사랑의 거리는
사랑이 숨 쉬는 허파이며
서로 상처받지 않는 비타민이다

시집

처음에는 신기해서
그다음엔 재밌어서
자꾸 다듬고 깎았다

여러 개를 깎아 보아도
마음에 쏙 드는 게 없어
망설이다 집을 지었다

넘치는 분양시장에서
살아남을 수 있을까

남아서,
친구들 쉬어가는 집 지어 보려고
오늘도
겨울 나그네 등불을 밝힌다

작은 새

홀로 울고 있었다
울다 지치면 하늘 한 바퀴 돌아와
같은 나뭇가지에 앉아 울었다
친구도 새끼들도 보이지 않아
외롭고 측은해 보였다

얼핏 숲속 벤치에 앉아 있는
내 모습이 비친다
지팡이 하나뿐 아무도 없다
저 새가 하늘 한 바퀴 돌아오는 사이
지나온 날들이 머릿속을 스쳐 간다

고독한 삶의 여정이 산길 따라 이어지고
내 발자국은 슬픈 산새 소리를 밟는다

詩는 어디에서 오는가

내 영혼의 빈터에서 온다.

부서진 첫사랑의 아픔에서

저 달빛에 젖은 그리움에서

사랑의 착각에서

하늘과 맞닿은 바다 끝에서

낙엽 지는 가을날 외로움에서

고향 집 밤하늘 별떨기에서

겨울나무 앙상한 가지 끝에서

노숙자의 메마른 침묵 속에서

영정 사진을

다시 찍었다.
가을 하늘 맑은 속에 저승을 바라보다가
올해도 지상에 살고 있다는 게 대견스러워

작년에 처음 찍은 것은 긴장한 모습이다
이번에는 자연스런 모습으로 고쳐 찍었다

앨범을 꺼내서 흘러간 세월을 들여다본다
아련하게 날아간 젊은 날들이 보인다
지금은 등 굽은 어깨 위에 세월이 앉아 있다
아내는 그 세월을 포샵해 달라 했다
싸늘한 바람이 쓸고 지나는 낙엽 쌓인 길가에
외로운 잎새 하나,
나는 대충 손질해 달라 했다
세월 쌓인 모습이 별나라에 더 어울릴 것 같기에

일 년을 더 산다면 또다시 찍을 것이다
낙엽 지는 이 계절에,
한 박자 쉬어가는 마음의 여유를 위하여

난해 시 1

-현대시 중에서

요즘은 시를 시인들만 읽는다지요?
사람들은 어려워서 안 읽는다네요

시는 죽고, 시인들만 사는 세상에

한편에선
시는 독지를 위한 위안물이 아니다
자아의 발견이며 내 영혼의 노래다
죽은 시인들의 사회가 외치면

사람들은
각자 쓸쓸한 길 위에 남는다

난해 시 2

-현대시 중에서

구름 속 헤매는 암호 같은 말로
어렵게 에둘러 써야
읽는 이가 제 각각
해석을 달리하면서
명시(名詩)로 취급받는 세상이네

쉬운 우리말로
아무리 아름다운 표현으로
설계해 보아도
쉽게 알아먹을 수 있는 시는
명시되기가 어렵다네

곰곰이 생각해도
암호 같은 표현이 떠오르지 않아
반쯤 헤매는 말이라도 궁리하다 보니,
늙은이가 난해시(名詩)를 흉내 내는 것이
어울리지 않아 날개를 접는다네

이 풍조(trend)도 세월 가면 변할 거야.
해석해야 황홀했던 바로크 시대 음악이
듣기만 해도 아름다운 낭만주의 음악에
자리를 내준 것처럼

세상에 영원한 것은 없을 테니까

한 사람이 또 허망하게 떠났다
세상은 그만큼 가벼워지겠지
얽힌 인연 하나씩 가고 나면
나도 한결 가벼워질 거야
그날이 오면
훨훨 날아다닐 수 있겠지
이승과 저승을 마구 날아다니면
산 건지 죽은 건지 알 수 없을 거야
천당인지 지옥인지도 잘 모를 거야
원래
죽음은 산 자들의 언어일 뿐
이승의 속박에서 벗어나는 길이니
친구여 웃으며 작별을 고하시게

겨울밤 정겹던 고향집은 전설 속으로 사라지고,
저기 눈 맞으며 서 있는 것이 가로등 전봇대인가 나인가

5부

겨울밤

이른 봄날에

영산홍 잎새들 기지개 켜고
화장을 시작하는 매화 꽃망울

얼음 풀린 냇물에 오리가 놀고
뚝방 길 버들개지 손을 흔드네

산 넘어 불어오는 꽃샘바람에
초목들 뿌리에 물오르는 소리

빈 밭에 아지랑이 피어오르고
노인은 벤치에서 햇살 모으네

빛바랜 옛날 편지를 들고
얼굴엔 뜻 모를 미소를 띤 채
겨울 밟고 달려온
　　　　봄날을 마시네

달빛 속에서

고요한 밤 창문 열고 바라본다
말간 하늘 달빛만 하얀데
깊어가는 가을밤 귀뚜리 울음소리

달빛 속에 떠나가신
아쉽던 사랑도
삶의 슬픔이요 영혼의 상처였고

밀려오던 절망도
또 다른 인생으로
인도해 주는 빛이었는데

낙엽 쌓여 길 잃은 사람들
어디로 어떻게 가라는 것인지
이 슬픈 밤에

천당행 열차

하늘나라에 간다고 했다.
할배는 이 열차를 타려고
바람을 따라 서둘러 왔다
해탈한 스님처럼 평화스러운 모습이다
그는 말하고 있다
젊은 시절, 나는 모든 걸 알았었네
지금은
내 머리에 하얗게 눈이 내렸고
이제야 난 알았네
내가 아는 것은 모두 지나갔다는 것을
떠난 후의 일은 남은 자들의 몫일 뿐
이 세상 끝에는 아무것도 없다는 것을

겨울밤

사방은 호수처럼 고요하고
싸륵 사르륵 내리는 눈은
외로운 가로등을 어루만진다.

글 모르는 할배들 모이는
이웃집 사랑방 등잔 밑에서
심청전을 읽어 주시던
아버지의 낭랑한 목소리 그리워진다

겨울밤 정겹던 고향 집은
전설 속으로 사라지고,
저기 눈 맞으며 서 있는 것이
가로등 전봇대인가, 나인가

이 추운 밤 잠들지 못하고
따뜻한 봄날을 꿈꾼다

봄이 가는 소리

들린다.

만화방창 꽃 피는 날에
지구촌 새들과 나란히 앉아
어울려 노래할 때이건만

두견새 날개 꺾이어
촛불 병원에 입원하였고

고적한 청마루 뜰엔
소리 없이 꽃비만 내린다.

어둠에 숨어버린 향도들
광대춤에 장단 맞추는 소리

어지럽게 들려오는, 정유년
봄이 가는 소리

이 환자의 운명

좌측 측두부 타박 열상이다
출혈이 낭자하다

외상을 처리한 후
신경외과에 협진을 청했다

그 결과에 따라
이 환자의 운명(運命)은 결정될 것이다

두개강 내 손상이 없으면
외상 치료로 회복될 것이고

뇌 손상이 있으면 수술을 해야 될 것
이때 사망할 수도 있을 것이다

지금은 알 수 없는 노릇이다
경과를 지켜볼 일이다

어떤 이는
한의원으로 옮기자고 한다.

장마

야채 값이 오르다가
뛴다지요

퍼붓는 소나기 견디지 못해
물가가 무너지네요

장마는 언제쯤 끝날까요
이제 막 시작했는데

'오늘로 장마는 끝났는데
내일은 전국적으로 비가 내린다'고.
기상 예보인지 코미디 방송인지

이 비가 끝날 때까지
어찌 견딜 수 있을지

온 동네 쓸어버릴
홍수는 나지 않을지

별을 보기엔 너무 지쳤나

시골에 놀러 갔다. 가던 날이 장날이라고, 천둥번개 치고 소낙비 쏟아졌다. 하늘은 시커멓고 날은 한밤처럼 캄캄했다. 이 괴상한 날씨-. 뜻 밖에 내리는 소낙비는 오래 가지 못하는가 보다. 비 그친 후 냇가 길을 걷는다. 냇물이 모여 흐르는 곳에 파란 조끼 입은 아재가 과자 부스러기 던져주니 우르르 몰려드는 송사리 떼. 다 자라지도 않은 송사리들은 던져주는 먹이 따라 이리저리 몰려다닌다. 이럴 때 뜰채로 떠버리면 일망타진할 것이다. 동네 골목 들어서니 집마다 개들. 이집 저집 기웃거려도 짖을 생각을 않는다. 축 늘어져 반쯤 자고 있다. 밥만 주면 누가 와도 상관없다는 듯. '민나 도로보'(모두 도둑) 라 생각하는지도 모른다. 도둑을 잡으려면 눈치만 보는 개 대신, 죽음을 무릅쓰고 짖고 덤비는 우악스런 들개들 을 모셔와야지 싶다. 이윽고 맑게 갠 저녁 하늘에 별이 총총하다. 하루 종일 들판에서 고된 행군을 하던 순박한 농민들, 마당에 멍석을 깔고 그냥 잠에 떨어진다. 사는 것이 힘들어 먹고 자는 일 외에는 아무 관심도 없다. 별 을 보기에는 너무 지친 것인가.

바람이 분다

분다 분다, 바람이 분다
남녘 하늘에 북풍이 불어
정유 동절(冬節) 잘 넘기려면
이 찬바람 멎어야 할 텐디
땅속의 씨앗까지 동사하고 말 텐디

씨 뿌리고 거름 주어 가꿔온 통일 벼
한 번 시들어 죽어버리면
수많은 새 가족도 굶어 죽겠네
흰옷 입은 농부들, 바람막이 세워야
통일벼도 살고 가족들도 살 텐디

굶어 보지 않은 젊은 새들은
아사(餓死)가 무엇인지 알지 못하고
도시로 나간 잘난 새들은
통일 벼 없어도 상관없다고
멀리 날아갈 궁리만 하네

돈다 돈다 소문이 돈다
남녘땅에 소문이 돌아

지대 추구 철학으로 토지를 국유화,
토지 투기 근절인가
시장경제 졸업인가

온다 온다 먹구름이 온다
남녘 하늘에 먹구름이 몰려와
적막 거리는 낮잠에 빠지고
사람만 보일 뿐 인간(人間)이 안 보여
암흑천지에 삶이 안 보여

하나는 알고 둘은 몰랐던
어리석은 받침 세력 아직도 꿈길인가
길 헤매는 매스컴들, 속 못차린 웰빙정객
유유히 흐르는 한강 물이 기다린다.
이 땅의 지식인들 벼락 맞아 급사했나

때아닌 북풍에 한국이는 날아가도
반세기를 훌쩍 넘긴 자유비행 그 날개,

그 영혼 살아남아 남풍으로 불어오면

광장엔 안개 걷히고

　　　　하늘엔 길도 뚫릴 겨

오월이 오면

풍덩,
티 없이 파란 하늘에 빠져
자유 수영을 맘껏 하고 싶다
심술궂은 봄바람에
꽃잎들 나비 되어 춤을 출 때
새까만 선글라스를
태양 아래 내려 주신다면
샤워 얼른 끝내고
일터로 달려갈 것이다
거기서
주저앉으려는 대민이를 일으켜
들화로에 끓인 된장찌개에
통일 벼 쌀밥을 실컷 먹이고 싶다

깡통 들고 남의 집에
또다시 떠돌지 않게

바람아

꽃의 향연을 보려거든
이 강산 푸른 보리밭 춤추게 하고
지지배배, 근심 없는 종다리 데리고 오라

폭우를 등에 업은 바람아
올 테면 얌전히 와서
목 타는 이 땅의 중생에게 생기를 내려주라

하늬바람아
색동옷 갈아입은 이 산야 구경하려거든
벼 이삭 묵직한 풍년을 지고 오라

삭풍아, 꽁꽁 얼음 신고 오려거든
이 땅의 형제자매 어울려 사는 지혜를,
하나 되어 북풍한설 이겨내는 비법을 가지고 오라

바람아, 그렇게 오라

빈집을 보며 우는 까닭은

겨울 속에 서서
빈집을 바라보며 내가 울고 있는 까닭은,
잎이 다 떨어진 겨울나무들 불쌍해서가 아니다
산 넘어 불어오는 찬 바람에 추워서도 아니고
울지 않는 산새들이 미워서도 아니다

가난한 별을 보면서도 웃음이 있던 세월이
풀벌레 소리 들으며 마음 편히 잠들었던 지난날들이
까막까치 참새들까지 자유롭게 짖어대던 그 날이
가슴 사무치게 그리워서 운다
썰물처럼 멀어져가는 그 시절이 서러워서 운다

나의 기도

주여,
내 아들딸들이 이렇게 살도록 인도하여 주소서.

세상을 항상 긍정적으로 보게 하시고
자신의 짐작으로 남을 의심하지 않게 하소서
정의롭게 살면서 비굴하지 않게 하시고
비교하지 않는, 자신의 행복을 살게 하여 주소서

나를 낮추는 겸손한 사람으로 살게 하시고
이웃을 배려하는 넉넉한 마음을 갖도록 하여 주소서
항상 역지사지(易地思之)하는 속 깊은 마음을 주시고
함부로 성내는 일이 없도록 하여 주소서

지난 일에 매이지 말고, 언제나
인생의 목표를 향해 오늘을 사는 사람이 되게 하소서
자신의 자리에서 가정을 지켜나갈 능력을 주시고
가족 간에 우애 있는 삶을 살도록 하소서

눈앞의 이익에 현혹되어 투기하지 않게 하시고
근검절약하여 낭비하지 않도록 인도하여 주소서
만약 넘어지는 일이 있다 해도
다시 일어설 수 있는 용기를 주소서

때가 되면, 아비인 제가
편안한 마음으로 갈 수 있게 하소서

아멘.

Rio의 예수상

불가사의(不可思議)로구나
가파른 코르코바도 언덕 위에
이 거대한 석상이 세워지다니

경건해진 동양의 나그네
양팔을 활짝 벌린
거대한 예수상 앞에 두 손을 모은다

길을 잃고 헤맬 때, 빛을 밝혀 주소서
정의와 희망의 세상으로 이끌어 주소서
우리를 시험에 들지 않게 하소서

삼대 미항(美港)이라는
코파카바나 해변이
저 아래에서 웃으며 손짓하네

눈앞의 이익에 현혹되어 투기하지 않게 하시고
근검절약하여 낭비하지 않도록 인도하여 주소서
만약 넘어지는 일이 있다 해도
다시 일어설 수 있는 용기를 주소서

달빛과 빈집의
이중주

지연희(시인)

달빛과 빈집의 이중주

지연희(시인)

●

　　삶은 미래지향적 발전을 설계하는 욕망으로 길들여 사는 연속이다. 쉼 없이 꿈을 꾸고 꿈을 성취하기 위한 고뇌 속에 살아간다. 그 갈등의 산물이 사회를 형성하며 정치, 문화, 경제, 예술을 생산해 내는 작용이 된다. 파릇한 욕망의 덩이는 시간의 자국 위에서 보람된 삶의 가치를 세우고 한 사람 한 사람 '生의 값'으로 소환하는 지표이다. 시인이 시를 쓰는 일 또한 지극한 일념으로 추구해 오던 욕망의 하나임에 분명하다. 무엇을 할 수 있다는 사실만큼 아름다운 일은 없다. 어떤 일에 최선을 다하여 땀을 흘리는 이의 모습은 세상에서 가장 아름답고 훌륭한 자태이다. 자신의 인생에서 꼭 실행해야 할 무엇이 있다면 지금 이 순간을 놓치지 말라고 한다. 무엇이라는 절대적 꿈을 성취할 수 있는 가장 절실한 오늘을 놓치지 말라는 것이다. 더구나 100세 시대에 즈음하여 근래에는 60대 이전의 전반기를 사회에 헌신하고 퇴직하여 젊은 날의 꿈을 성취하기 위한 제2의 삶을 설계하는 사람들이 적지 않다. 그들 중 시문학 수업에 투신하여 성과를 이루는 문학인들을 후문학파라고 일컫는다. 혼신을 다해 시문학의 바탕을 올곧게 세우기 위한 일에 전념하는 시인의 작업이 아름답지 않을 수 없다. 심웅석 시인의 두 번째 시집을 준비하며 시인의 문학 작품 생산 의지와 열정에 대하여 깊은 경이를 드리지 않을 수 없다. 녹록지 않은 건강을 딛고 마치 단단한 바윗덩이처럼 꿋꿋이 일어서 창작 수업에 임하는 모습이 존경스럽다. 오늘 시집 『달과 눈동자』로 명패를 단 융숭 깊은 77편의 시들이 전하는 서정의 메시지에 마음 기울이기로 한다.

> *그녀는 때 묻지 않은 청춘*
> *내 인생, 외로운 가을 나그네*
>
> *괴테의 사랑을 그려보며*
> *그녀를 사랑했었지*
>
> *아낌없는 사랑의 공감이었어*
>
> *가을비 내리던 날*
> *그녀는 떠났어*
> *조용히 웃음을 보였지만, 나는 알았어*
> *속으로 울고 있다는 것을*
>
> *가슴에 남아있는 그녀의 모습*

맑은 사랑이었어
– 시 「떠나간 여인」 전문

창 너머 동그란 달님이 밤새도록 지켜보더니, 아침엔 잿빛 구름이 온통 하늘을 뒤 덮었네. 날갯짓을 계속하며 바라보던 천사의 눈동자, 어느 날 눈물 글썽 머금고 하늘로 날아갔지. 한 방울씩 가만히 떨어지는 창밖의 빗방울처럼 소리 없는 눈물이었어

푸른 잎 흔들어 주는 저 바람처럼
그때는 달랠 줄도 모르고
멍하니 먼 산만 바라보았지
이제 그날처럼 흰 눈 쌓인 천지가 되면
詩가 된 그대, 날아간 빈 하늘만
방랑의 침묵 속에서 바라보고 있네
–시 「달과 눈동자」 전문

　시 「떠나간 여인」은 먼 기억 속 한때 사랑했던 사람을 떠나보내야 했던 이별의 순간을 회억하는 시인의 추억 읽기이다. 이별의 아픔이 맑은 시냇물의 조용한 물 흐름으로 흐르는 이 시는 괴테와 젊은 여인의 사랑을 비유적으로 도입하여 '괴테의 사랑처럼'이라고 그녀와 화자와의 관계를 짚고 있다. '아낌없는 사랑'을 나누던 아름다운 시절의 고백이다. '가을비 내리던 날/그녀는 떠

났어/조용히 웃음을 보였지만, 나는 알았어/속으로 울고 있다는 것을' 아마도 이별이라는 절대적인 이유가 두 사람의 인연의 고리를 잘라낼 수밖에 없었을 것이지만 그녀의 조용한 웃음은 '눈물이었다'는 아이러니를 생각하지 않을 수 없다. 오래전 뮤지컬 영화 속 스토리가 문득 떠오른다. 영화 〈황태자의 첫사랑〉 마지막 장면의 인상이 잊혀지지 않는 부분이다. 여주인공 앤 브라이스는 사랑하는 연인 황태자 곁을 떠나기 위해 달리는 열차 속에서 창문 밖 황태자를 바라본다. 그리고 활짝 미소를 머금고 눈동자 가득 담은 눈물을 구슬처럼 볼 위에 떨어뜨리는 장면은 순고한 이별의 아름다움을 눈물 꽃으로 피워내는 절묘한 영상이었다. 이루어질 수 없는 사랑을 위해 이별하지 않을 수 없는 아픔을 감추어 내던 아름다운 여인의 모습이 때때로 클로즈업되곤 한다. 사랑은 진리를 뛰어넘는 아름다운 것이지만 현실은 어쩌지 못하는 아픔을 감내해야 하는 까닭이다. 어떻게 대처할 수 없던 이별의 아픔이었으면 이토록 오랜 시간이 지나도록 가슴에서 지우지 못하는 것일지 시인의 가슴 속 그리움의 정도를 유추하게 한다. 총체적으로 심웅석 시인의 연시(戀詩)에서 추정되는 특정한 메시지가 있다면 '애절한 만남과 슬픈 이별'의 연속됨이라는 점이다. 시 「달과 눈동자」에서 허용되는 창 너머 동그란 달님은 '천사의 눈동자'라는 비유적 존재로 상징되어 문리적 이별의 아픔을 회억하게 된다. 어느 날 눈물 글썽이며 하늘로 날아갔다는 그대는 어떤 연유에서건 한 방울씩 떨어지는 창밖의 빗방울처럼 소리 없이 눈물을 흘리던 비련의 여인임에 분명하다. '푸른 잎 흔들어 주는 저 바람처럼 그때는 달랠 줄도 모르고 멍하니 먼 산만 바라보았다'는 화자의 회고는 수십 년이 지난 오늘에서야 회한으로 남아 달빛의 천사를 맞이하고 있는 것이다. '이제 그날처럼 흰 눈 쌓인 천지가 되면 詩가 된 그대, 날아간 빈 하늘만 방랑의 침묵 속에서 바라보고 있'다는 그리움을 엿보게 된다. 거듭 이 시의 내연을 '詩가 된 그대'로 되짚어 본다면 그대로 하여 시를 만들고, 시로 하여 그대를 만나는 조건이 성립되어진다. 평생을 가뭇없이 기억할 수 있는 사랑이라면 그 사랑의 크기를 굳이 가늠할 필요가 없을 것이라 믿는다. 시 「떠나간 여인」 마지막 연에서 언급하였듯이 '가슴에 남아있는 그녀의 모습/맑은 사랑이었'음으로 가장 순수하여 온전한 사랑의 집을 애틋하게 지어놓은 시편이다.

어머니가
구성지게 이어 부르시던 소리를 듣고
그냥 꾸며서 부르는 가락인 줄 알고
나는 웃었다

그 구슬픈 소리들이
고단한 삶의 한(恨)을 풀어내는
서정시 인줄을
다 지나고 나서 알았다

웃으며 부르시던 어머니의 노래가
지금은 눈물 젖은 가락으로 남아
내 가슴을 적신다
               - 시「어머니의 노래」전문

벽에 걸린 옛날 추상화
아버지와 소 그리고 아들
아무리 보아도
허전한 느낌이다

자세히 오래 보고 있으니
아들 뒤에 조그맣게
어머니가 보인다
빠져 있었던 것이다

곁에 계셔도
어머니는 늘 없는 존재였다
공기(空氣)처럼
               - 시「빈집」전문

   시「어머니의 노래」와 시「빈집」은 고향집 어머니와 아버지가
평생을 숙명처럼 감내하고 살았던 고단한 삶의 배경이다. 논과
밭을 오가며 쉬는 여유가 없었던 어머니의 초상이 두 편의 시 속
에 극명하게 숨쉬고 있다. 밭일에 여념이 없었지만 어머니가 구

성지게 부르던 노랫가락은 힘에 부친 현실을 풀어내는 수단이면
서 한 편의 서정이 깃든 詩였다는 사실이다. 세월 다 지나고 돌아
보니 어머니 눈물 젖은 노랫가락은 질곡의 현실을 지탱하던 도
구였으며 위로였던 것이다. '그 구슬픈 소리들이/고단한 삶의 한
(恨)을 풀어내는/서정시 인줄을/다 지나고 나서 알았다//웃으며
부르시던 어머니의 노래가/지금은 눈물 젖은 가락으로 남아/내
가슴을 적신다'는 시 「어머니의 노래」는 소외되고 무시되고 궁핍
한 여인의 삶을 단적으로 증언해 내고 있다. 어머니 사시던 시절
의 모순된 편 편들을 안타까움으로 바라보게 한다. 시 「빈집」으
로 제시되는 메시지 역시 당시의 어머니가 감내하고 사시던 남
존여비의 폐해를 아픔의 무게로 조명하고 있다. 벽에 걸린 한 장
의 옛날 사진을 보다가 발견한 사진 속 아이러니는 아버지와 소
그리고 아들이 있음에도 어딘가 허전한 느낌이다. 수십 년이 지
나 빛바랜 사진 속 어머니의 부재를 발견한 아들의 측은지심이
이 시를 읽게 한다. 왠지 허전한 어머니의 부재는 아들의 모습 뒤
조그마한 실루엣으로 소외되어 대열 밖에 밀려나있다. '곁에 계
셔도/어머니는 늘 없는 존재였다/공기(空氣)처럼' 눈에 보이지 않
는 무형의 존재일지라도 인간의 생명을 지탱하게 하는 대기 속
공기의 무한한 가치를 이 시는 숭고한 어머니의 존재로 확대 시
켜낸다. 생명의 근원인 어머니, 존재의 근원인 어머니는 지금도
빈집의 추억 속에 고스란히 공기처럼 살아있다.

낙엽 뒹굴고 시냇물 흐른다
'가을 데리고 간다'고 소리치며 흐른다
길가 배추밭 배추포기 소리 없이 사라지고
텅 빈 저녁이 울고 있다

앞서가는 영감 따라잡다가
문득 세월을 잡는다

단풍이 그려낸 풍경화가 없었다면
가을 가는 소리가 이렇게 크지는 않을 것을
젊은 시절의 열정이 없었다면
세월 가는 소리가 이렇게 서럽지는 않을 것을

낙엽 지고 꿈도 잠들었으니
삶의 굴레 조용히 벗어놓으면
가는 길,
그다지 슬프지는 않을 것을
                                  – 시「가을이 가는 소리」전문

흰 눈 내린 언덕에
내가 왜 겨울나무로 서 있는지

폭풍우 몰려와 비바람 칠 때
푸른 가지 잎새들 얼마나 멍들었는지
술비 퍼부어 물에 잠길 때

홍수 내리는 천사가 어찌 왔는지

이제 푸른 잎새 모두 떠나고
쓸쓸한 겨울나무 혼불 끄려는데
언제쯤 가지에 싹이 돋을지
나는 모른다

북풍이 불어오면 부나 보다 할 뿐
한설이 내려도 그저 바라볼 뿐
겨울나무, 이 추운 계절에
텅 빈 눈동자로 석양 앞에 서 있다
    - 시 「나는 모른다」 전문

　가을은 조락의 계절이다. 모든 생명의 존재들은 씨앗을 머금고 제 할 일 다 한 볏짚처럼 땅에 떨어져 가을 들판은 침묵으로 고요하다. 눈에 들던 형상들이 사라져 보이지 않는 '텅 빈 저녁을 울고' 있는 것이다. 시 「가을이 가는 소리」는 그만큼 쓸쓸하고 서러운 현실을 직시하게 한다. '단풍이 그려낸 풍경화가 없었다면/가을 가는 소리가 이렇게 크지는 않을 것을/젊은 시절의 열정이 없었다면/세월 가는 소리가 이렇게 서럽지는 않을 것을'이라 한다. 화자의 오늘은 지난 시간의 아름다움을 경험하지 못했다면 이 허전하고 서러운 지는 가을의 슬픈 침묵 속에 빠져들지 않았을 것이라는 안타까움을 말하고 있다. 다만 이제는 낙엽도 지고 꿈도 잠들었으니 삶의 굴레 조용히 벗어놓으면 미지의 세상으로 가는 길 그다지 슬프지 않을 것이라는 위로이다. 오색찬연한 단풍의 아름다움을 가슴으로 느끼지 못했다면 가을 가는 이 허전함이 무엇이었을지 알지 못하지 않았을까 라는 것이다. 젊음의 패기 넘치는 열정을 경험하지 못했다면 세월의 흐름이 서럽지 않았을 것이라 한다. 아름다움이 무엇인지 젊음이 무엇인지 알지 못하는 무지 속에서 오늘을 살아가고 있었을 것이라는 무력함의 자유를 역설해 내고 있다. 낙엽 지고 꿈도 시들어 흐르는 시간 속에 유폐되어진 현실을 시인은 서녘 지는 햇살에 앉아 조망하고 있다. 아름다웠던 지난 시간들로 하여 오늘의 초라한 가을빛이 더욱 슬프게 다가온다는 소회이다. 시 「나는 모른다」의 아이러니도 시 「가을이 가는 소리」의 의도를 잇고 있는 시라고 볼 수 있다. 봄 날의 파릇한 생성의 기운도 여름날의 불타는 청춘의 패기도 가을의 나뭇잎 떨어지는 조락의 허무도 다 지나가버린 황량한 벌판에 서 있는 겨울나무의 외롭고 쓸쓸한 자괴의 모습이다. 시 「나는 모른다」는 그만큼 최선의 삶을 살았던 화자의 삶의 흔적을 짚게 하는데 '폭풍우 몰려와 비바람 칠 때/푸른 가지 잎새들 얼마나 멍들었는지'와 같이 가늠할 수 없는 방황의 시간 속에서 젊음을 보내야 했던 시간들이 얼마나 가혹하게 육신의 피폐를 몰고 왔는지 술회하고 있다. 그러나 '이제 푸른 잎새 모두 떠나고/쓸쓸한 겨울나무 혼불 끄려는데/언제쯤 가지에 싹이 돋을지/나는 모른다'는 언어가 시사하는 의미에 주목하게 된다. 한

시대를 풍미했던 인물이 격정의 삶을 정리하며 '혼불'을 꺼야 하는 즈음 앞에서의 고뇌이다. '언제쯤 가지에 싹이 돋을지 모른다'는 가지(미래의 세상)에 기우는 걱정은 화자 개인의 삶의 시각을 뛰어넘는 보다 포괄적인 근심이다. 불투명한 미래를 내다보는 정치 경제 사회 등 급변하는 시대에 적응해야 하는 세상의 바다는 언제 푸른 싹이 돋아나 이상적인 삶을 살 수 있을까 라는 내일을 향한 근심이다. 푸른 잎새로 대리된 젊음의 기운이 떠나버린 쓸쓸한 겨울 나목의 혼불은 텅 빈 공허의 눈동자로 석양 앞에 서 있다. 꽃잎 지듯 날리는 조용한 저녁을 내다보게 한다. 누구나 예외 없이 다가서야 할 그 공간을 향하여 서 있는 것이다.

산에 올라 내려다보니
걸어온 길 아득한데
거미줄 같은 이 길들이
인생의 명운(命運) 길이었네

가장 멋있는 길은 어디인가
아무도 모른다네

골목마다 맺힌 사연
기억도 희미한데
다시 한번 걸으라 하면
웃으며 사양할 거야

알 수 없는 길
또다시 헤매고 싶지 않기에
그만 가벼워지고 싶기에
                    – 시 「알 수 없는 길」 전문

만나는 사람마다
맨 가슴으로 다가와
텅 빈 내 영혼의 공간을 채워 주지

빈틈이 많아서
남의 말이 그대로 들어오고
정(情)도 술술 들어와

남을 비판할 줄 모르고
시비(是非)도 가릴 줄 모르니
옳고 그름을 시간에 맡겨두지

바보처럼
보이는 대로 보고 살면,
가슴에서 늘 맑은 종소리가 들리지
                    – 시 「바보처럼」 전문

　'산에 올라 내려다보니/걸어온 길 아득한데/거미줄 같은 이 길들이/인생의 명운(命運)길이었네' 시 「알 수 없는 길」의 도입부 첫 연이다. 인생이라는 질곡의 시간을 밟아온 사람이라면 한평생이 백 년의 삶일지라도 스쳐 지나는 순간이라는 사실을 깨닫게 된다. 산에 올라 내려다보니 산 아래 거미줄같이 그어진 길들에 담겨있는 의미가 희미한 기억처럼 혼미하게 다가선다고 했다. 어떤 길들이 가장 의미 있는 길이었을까 되돌아보아도 도대체 예측할 수 없는 미로임에 분명하여 그 누구도 리허설 없는 미혹의 시간을 인생이라는 이름으로 서성인다는 것이다. 심웅석 시인은 지나온 삶의 길을 누군가 다시 한 번 걸으라 한다면 웃으며 사양하겠다고 한다. 알 수 없는 길 또다시 헤매고 싶지 않기 때문이라는 것이다. 사람에게 주어진 한 생의 짐은 창조주로부터 각자에게 분배되어진 책무와도 같은 숙제를 통하여 존재가 존재의 옷을 입고 벗는 일이다. 그 과정에서 다난했던 욕망의 조각들을 내려놓고 육신과 정신을 비워냄으로 하여 비로소 얻게 되는 참 평화의 안식에 드는 일이다. '누군가 다시 한번 인생길을 걸으라 한다면 웃으며 사양하겠다'는 시인의 대답은 그만큼 인생 한평생의 길이 저 아프리카 대평원 생존을 향한 동물들의 아귀 다툼과 다름없는 고달픔이라 간접 반영하고 있다는 생각이다. 삶은 사람과 사람의 긴밀한 만남의 부딪침으로 살아가는 관계의 연속이다. 어느 하루도 누군가와 만남과 만남으로 이룩한 커뮤니케이션의 결과에서 비롯되는 일이 아닐 수 없다. 시 「바보처럼」은 최

대한 여유로운 마음으로 가슴 열어 놓고 사는 삶의 방법이 최상의 아름다움을 구가하는 일임을 시인은 실천하고 있다. 까닭에 만나는 사람마다 텅 빈 영혼의 공간을 채워주고 빈틈이 많아서 情도 술술 가슴으로 들어와 머문다고 한다. 매사에 유유자적한 삶을 지향하는 시인의 사고는 천둥 번개처럼 남을 비판할 줄 모르고 시비(是非)도 가릴 줄 몰라 옳고 그름을 시간에 맡겨두는 마음의 여유가 내재되어 있다. 그 같은 천성이 바보처럼 보이는 대로 보고 살게 되며 그러나 남들이 무어라 하더라도 '가슴에서 늘 맑은 종소리가 들리게' 된다는 것이다. 심웅석 시인의 묵직한 인생철학이 깃든 시편을 감상할 수 있었다.

영산홍 잎새들 기지개 켜고
화장을 시작하는 매화 꽃망울

얼음 풀린 냇물에 오리가 놀고
뚝방 길 버들개지 손을 흔드네

산 넘어 불어오는 꽃샘바람에
초목들 뿌리에 물오르는 소리

빈 밭에 아지랑이 피어오르고
노인은 벤치에서 햇살 모으네

빛바랜 옛날 편지를 들고

얼굴엔 뜻 모를 미소를 띤 채
겨울 밟고 달려온
　　봄날을 마시네
　　　　– 시 「이른 봄날에」 전문

고요한 밤 창문 열고 바라본다
말간 하늘 달빛만 하얀데
깊어가는 가을밤 귀뚜리 울음소리

달빛 속에 떠나가신
아쉽던 사랑도
삶의 슬픔이요 영혼의 상처였고

밀려오던 절망도
또 다른 인생으로
인도해 주는 빛이었는데

낙엽 쌓여 길 잃은 사람들
어디로 어떻게 가라는 것인지
이 슬픈 밤에
　　　　– 시 「달빛 속에서」 전문

'영산홍 잎새들 기지개 켜고/화장을 시작하는 매화 꽃망울' 봄의 시작을 시각적으로 조망하는 시 「이른 봄날에」는 매화 꽃망울이 꽃잎을 피우기 시작하고, 영산홍 잎새들이 가지에서 새잎을 돋아 올리는 이른 봄날 온갖 풀꽃으로 피어오르는 계절의 변화를 예감하게 한다. 봄의 대문이 살-짝 열리기 시작하지만 아직은 완연한 봄빛을 갖추지 못한 봄날의 생명들이 하나 둘 발돋움 질 하는 소리에 귀 기울이게 한다. 얼음 풀린 냇물에는 오리가 놀고, 뚝방길 버들개지는 길손들을 향해 손을 흔들고 있다. 분주하게 봄을 나르는 꽃샘바람에 초목들은 뿌리로부터 물관을 통해 물을 퍼 올리는 작업으로 바쁘다. 남은 겨울의 한기를 말리는 모양인지 한가롭게 벤치에 앉은 노인은 햇살을 모으고 있다. 시인의 감각적 시각으로 점묘한 이 봄날의 생명들은 분주하게 달려와 점점 더 아름답게 세상을 물들일 자세다. 그러나 참으로 안타까운 일은 이처럼 찬연한 봄날을 도입부로부터 전개 과정까지 설계해 놓고 시의 마지막 연에서 제시하고 있는 '빛바랜 옛날 편지를 들고/얼굴엔 뜻 모를 미소를 띤 채/겨울 밟고 달려온 /봄날을 마시네'라는 언술로 마지막일지 모를 봄날을 가슴으로 마신다는 일이다. 늘 병중에 계시면서도 꿋꿋한 모습으로 시와 수필 쓰기를 게을리하지 않아 존경의 마음을 드리고 있지만, 부디 '마지막 봄'이 아니라 최소한 10년의 봄날이 기다려 줄 것이라는 믿음으로 치료에 최선을 다해주시기 간절한 마음으로 기도드린다. 이어지는 시 「달빛 속에서」를 감상하며 깊은 가을밤 달빛의 고요가 뿜어내는 멜랑꼴리한 우울의 농도를 감지할 수 있었다. 슬프고 외로운 인생 전반의 고독이 가을밤을 휘감아 가득한 고뇌를 담아내고 있다. 고요한 밤 창문 열고 바라보니 말간 하늘에는 달빛만 하얗게 밝은데 처연히 들려오는 귀뚜라미 울음소리가 옛 추억의 갈피를 소환하게 한다. '낙엽 쌓여 길 잃은 사람들/어디로 어떻게 가라는 것인지' 분별할 수 없는 미지의 땅, 약속의 그곳은 우리 모두를 외롭게 하고 슬프게 한다. 세상에 매여 있는 사람들이라면 너나 할 것 없이 외롭고 쓸쓸하다는 점이다. 달빛 속에 떠나간 사랑과 밀려오던 절망들이 아쉽고 슬픈, 그러나 또 다른 인생길을 열어주던 빛이기도 했던 기억의 한때를 시 「달빛 속에서」는 아린 아픔과 슬픔으로 밝혀주고 있다.

심웅석 시인의 시 읽기를 이쯤에서 마무리한다. 그 어느 때보다 절실하게 삶과 죽음에 대한 천착이 깊어 이 가을이라는 계절이 들려주는 적막의 아픔에 묶인 시인의 모습을 상상할 수 있었다. 아프고 아픈 것이 사람이고, 앙상한 고독으로 머리끝에서 발끝까지 동여매어진 존재가 사람이다. 주저하거나 망설임 없는 시 정신으로 인간 정신의 순리를 찾아 고뇌하여 추출된 시인의 언어를 혼신으로 따라다녔다. 다만 무엇보다 걱정되는 부분은 심 시인의 건강이다. 빈틈없이 관리하셔서 함께하는 문우들과 독자들에게 보다 더 윤기 흐르는 시어를 창출해 들려주셨으면 한다. 이 가을 겨울이 지나면 찬란한 봄날이 다가올 것이라는 사실을 믿고 있는 까닭이다. 매번 시, 수필 한 쌍의 작품집을 생산하시느라 노고가 적지 않았을 것이다. 그 지난한 열정에 감사드린다.

달과

눈동자

달과 눈동자

심웅석 시집